Pistache à la rescousse

Pistache
à la
rescousse

François Tardif

Je tiens à remercier de tout mon cœur Brigitte et Michel des Fromages du verger pour leur accueil chaleureux, leur grande générosité et toute l'inspiration qu'ils m'ont fournie pour l'écriture de cette histoire.

Je tiens aussi à remercier Josée Douaire pour son talent de correctrice et de première lectrice aux remarques toujours utiles et pertinentes.

François Tardif

Illustrations : Marie Blanchard
Conception graphique et mise en pages : Marie Blanchard
Consultation : Lucie Poulin-Mackey
Révision : François Morin et France Lorrain
Correction d'épreuves : Élaine Durocher

Imprimé au Canada

ISBN 978-2-89642-131-2

Dépôt légal — Bibliothèque et Archives nationales du Québec, 2008
© 2008 Éditions Caractère

Gouvernement du Québec — Programme de crédit d'impôt pour l'édition de livres — Gestion SODEC

Nous reconnaissons l'aide financière du gouvernement du Canada par l'entremise du Programme d'aide au développement de l'industrie de l'édition (PADIÉ) pour nos activités d'édition.

Canadä

Visitez le site des Éditions Caractère
editionscaractere.com

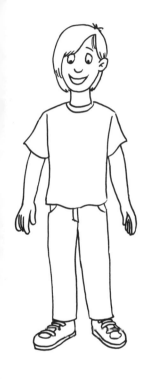

Je m'appelle Nathan. J'ai 9 ans. J'aime découvrir de nouveaux endroits, de nouvelles choses. Je rêve de découvrir le monde. Je suis un passionné des voyages et des animaux.

Un voyage qui promet

Super! Mes parents veulent me récompenser pour mon année scolaire. Ils m'offrent un petit voyage. Je pourrai partir une semaine, pour une destination de mon choix. Mes parents m'ont dit:

— Propose-nous des idées de voyage.

J'ai donc choisi des activités et destinations de rêve: la Camargue, dans le sud de la France, où vivent encore des chevaux sauvages ; la citadelle inca de Machu Picchu au Pérou ; une visite aux îles Galápagos pour rencontrer des tortues géantes.

Ma liste continue : la descente du fleuve Orénoque au Venezuela, où je pourrai voir des oiseaux et des insectes immenses ; la visite d'une ferme spécialisée dans la tonte de moutons en Australie ; un voyage en compagnie des dauphins dans les îles des Caraïbes…

Ma liste remplit au moins deux pages. J'ai même préparé un grand album. J'y ai collé des photos de tout ce que je veux voir. Je rêve de découvrir le monde entier.

J'ai neuf ans depuis déjà deux mois. Je fais mon lit chaque matin. Je suis même responsable du recyclage à la maison. Je suis donc prêt à découvrir le monde et ses mystères. Il n'y a pas une seconde à perdre !

Je veux voyager, je veux voir la planète entière. Je suis enfin prêt pour le faire. Après tout, neuf ans et deux mois, ça représente 110 mois de vie ! C'est-à-dire déjà 3347 nuits sur cette planète. Il est donc temps que j'en fasse le tour, non ?

Ce soir, c'est le grand moment ! Mes parents ont regardé mes demandes. Ils vont décider de l'endroit où je me rendrai au début de juillet.

Mes parents sont très organisés. Ils n'achètent jamais rien sans lire les étiquettes. Ils interrogent toujours les vendeurs sur toutes sortes de détails.

— Madame, de quel pays viennent ces pommes ? Ces linges à vaisselle, ont-ils été fabriqués en Asie ou au Canada ?

Ou encore…

— Excusez-moi jeune homme avez-vous des tomates du Québec ? En plus, mon père veut toujours savoir par quel moyen les produits sont transportés. Autour d'un bon repas, il nous déclare souvent :

— Les enfants, tout ce qui est dans votre assiette vient des environs.

— Pourquoi, papa, demande ma petite sœur Aurélie, les carottes n'aiment pas les voyages ?

Ma mère me fait un clin d'œil et répond :

— Les carottes ont horreur des longues promenades.

Ma mère est propriétaire d'un magasin d'aliments naturels. Elle en sait beaucoup sur le sujet. Pomme, patate, navet, brocoli… C'est comme si elle les avait cultivés elle-même !

Bref, mes parents aiment se questionner sur tout. Par conséquent, il me faut de bons arguments quand je veux les convaincre. Accepteront-ils une des destinations que j'ai choisies ?

Je vais partir en voyage... mais où ? En Europe, en Amérique du sud, en Asie, en Australie ? Une chose est certaine, il y aura des animaux à découvrir ; c'est ce qui compte !

J'ai vraiment hâte de savoir quel sera le choix de mes parents. Finalement, ils m'appellent :

— Nathan, ta mère et moi sommes très fiers de toi !

— Tu as dressé une liste vraiment impressionnante d'endroits à visiter, continue ma mère. Tu as même trouvé des photos. Bravo pour cette belle recherche.

Mon père me présente ensuite un dossier bien documenté. J'y vois toutes les distances à parcourir. J'y apprends aussi combien coûte un voyage dans les endroits que j'ai choisis.

— Oh mais papa, maman, ne vous en faites pas. Je vais vous donner tout mon argent.

— C'est très généreux de ta part, Nathan. Mais ce n'est pas tout. Nous ne sommes pas encore prêts à te laisser partir si loin.

— Papa, j'ai neuf ans maintenant. À l'école, j'ai commencé à aider les petits de première année. Je suis sur-veillant junior durant les heures de dîner. Pendant le carnaval, c'est moi qui ai organisé le voyage de ski.

— Avec l'aide du professeur, ne l'oublie pas !

— Oui, c'est vrai, mais j'en aurais été capable. Je suis grand, vous savez ? Parfois, je remplace mon professeur durant les heures de classe.

— Nathan, s'il te plaît !

— Bon, c'est arrivé juste une fois et durant trente secondes. Madame Héroux était dans le corridor, mais toute la classe m'a écouté…

— Nathan…

— Sauf Martin et Marc-Olivier, qui se sont levés, c'est vrai ! Papa, maman, je suis capable de voyager tout seul cette année.

Mes parents me regarde et je devine qu'ils ont déjà pris une décision.

—Nathan, écoute-moi!

Mon père me saisit doucement par les épaules. Il place sa main sous mon menton et me fixe droit dans les yeux. Quand il fait cela, je préfère l'écouter. C'est toujours assez sérieux.

—Nathan, nous avons fait un choix.

—C'est vrai, Nathan, continue ma mère, tu as grandi. Tu pourras donc passer une semaine de vacances sans nous.

Je saute aussitôt dans les bras de mes parents et je les embrasse. Je saisis mon album et je regarde mes photos en attendant la suite. J'ai hâte d'entendre le nom de l'endroit qu'ils ont choisi.

— Machu Picchu ? C'est ça, vous m'avez acheté un billet d'avion pour le Pérou ? Ou pour la Chine ? Vous savez que je pourrai louer un vélo là-bas. En plus, j'ai prévu d'engager un guide chinois qui me racontera l'histoire de son pays. J'ai déjà appris des mots de chinois avec Hans, à l'école.

Mon père s'approche de moi et referme mon album. Il est redevenu tout à coup très sérieux. Je continue :

— Oh ! je sais, je vais aller en Australie alors. Vous savez que j'adore les brebis !

Papa m'a expliqué leur décision :

— Un jour, tu pourras visiter ces pays, mais pour l'instant tu es trop jeune. Nous avons trouvé un autre endroit situé plus près.

— Tu iras donc passer une semaine à Saint-Joseph-du-Lac. Tu seras hébergé à la fromagerie de mes amis d'enfance, Marc et Virginie. Tu vivras dans leur famille. Tu vas adorer ça, puisqu'ils ont plus de cent brebis.

Plein de bonne volonté, j'ai aussitôt tendu la main :

— Bon! D'accord! Vous avez mes billets d'avion?

— Tu n'auras pas besoin de ça!

— Ah non? Mais, comment alors?

— Saint-Joseph-du-Lac, c'est à quinze minutes en voiture, dit maman en souriant.

Chapitre 2

La salive de Pistache

Mes parents me connaissent vraiment beaucoup. J'ai eu une semaine extraordinaire. Attendez que je vous raconte…

Virginie et Marc ont trois enfants : Guillaume a 12 ans, Annie, 11 ans et Amélie tout juste 3 ans et demi. Le premier matin, ils m'ont fait visiter la bergerie. Il y a soixante brebis qui fournissent le lait pour la fabrication du fromage. Il y a aussi soixante-dix petits agneaux et agnelles qui sont venus au monde.

Mes trois nouveaux amis m'ont montré comment m'occuper des brebis et de leurs petits. Je les ai aidés à nourrir tout le troupeau. À ce moment, Pistache, leur gros chat, m'a sauté dans les bras. Il m'a lèché les oreilles et m'a fait rire aux larmes. La semaine s'annonçait bien.

— Nathan, a dit Guillaume en prenant son chat, Pistache t'a déjà adopté. C'est rare parce que Pistache est plutôt sauvage. Habituellement, il se cache quand il voit un étranger.

— Toi, a dit Annie, il t'a réservé le plus beau des accueils !

— Je veux bien, mais auriez-vous un chiffon pour que je puisse m'essuyer les oreilles?

Guillaume et Annie ont éclaté de rire. La petite Amélie donnait le biberon aux agneaux qui avaient soif. Pendant ce temps, le gros chat continuait de se frotter contre mes jambes.

— Que veut-il?

— Je n'en ai aucune idée, a dit Guillaume, il doit t'aimer! Tu as un chat chez toi?

— Oui, il s'appelle Marquis. Je l'aime beaucoup, mais il se prend pour un roi: il dort tout le temps!

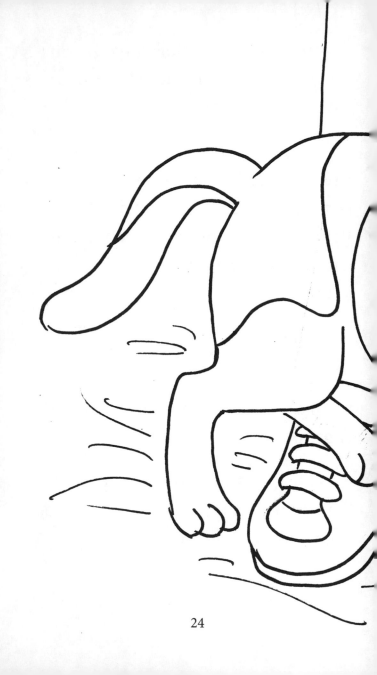

— On dirait que Pistache veut te dire quelque chose.

Le chat n'arrêtait pas de me tourner autour. Marc a appellé Guillaume et Annie. Je suis resté seul avec Pistache.

Je me suis penché vers ce drôle de chat et l'ai regardé droit dans les yeux. Il s'est éloigné de quelques mètres, s'est arrêté et m'a regardé à nouveau. On aurait dit qu'il m'invitait à le suivre. Lentement, au milieu des brebis, j'ai suivi la trace du chat de campagne. Il m'a mené d'abord à la grange. Ensuite, il m'a conduit jusqu'au verger. Il s'est arrêté finalement près d'un vieux tracteur abandonné.

Je cherchais les autres, lorsque Pistache a grimpé sur mon épaule. Je pense qu'il croyait que j'aimais me faire lécher les oreilles. Il m'a chatouillé! Puis, il s'est dirigé vers l'extérieur de la bergerie.

— Hé Pistache, attends-moi!

Je me suis approché de lui et à ma grande surprise, j'ai découvert une brebis qui s'était échappée du troupeau. Elle semblait souffrir.

La pauvre bête avait réussi à se faufiler entre deux planches mal clouées. Elle était coincée sous la clôture. J'ai eu peur de lui faire mal. J'ai soulevé une planche, puis une autre, en veillant à ne pas blesser l'animal. J'ai

tiré de toutes mes forces sur les pattes avant de la brebis.

Après trois ou quatre tentatives, j'ai réussi à la sortir de son étau. La brebis, au lieu de se sauver, est restée tout près de moi. Elle s'est mise à bêler de toutes ses forces dans mes oreilles. Guillaume est enfin arrivé à la rescousse. Surprise ! Dans le trou laissé par la brebis, se trouvait un agnelet nouvellement né.

CHAPITRE 3

Le fromage

Au dîner, j'ai appris que ma nouvelle famille fabriquait six fromages de brebis différents. Marc et Virginie voulaient en créer une septième sorte. Chacun y est allé de son idée :

—Un fromage à pâte molle, a insisté Virginie.

—On pourrait l'assaisonner, a ajouté Marc.

— Avec du chocolat, a dit la petite Amélie.

Guillaume et Annie ont donné aussi leurs idées. Moi, j'écoutais tout cela et j'était fasciné. J'ai remarqué tout à coup Pistache qui sautait sans arrêt sur le panier de pommes rouges.

— Pistache, arrête de sauter sur la table ! a dit Marc.

Pistache continuait de sauter une fois, deux fois, puis trois fois. Et, toujours, il tendait la patte vers les pommes.

— Eh ! oh ! monsieur le chat ! D'habitude c'est le poisson que vous voulez dévorer. Qu'est-ce qui vous intéresse dans ces pommes ? dit Marc.

— Il est vraiment spécial, votre chat Pistache. Il n'arrête pas de me regarder, ai-je dit.

— C'est normal, a dit Virginie, c'est parce que tu l'as suivi et que tu as sauvé la brebis.

— … et le bébé! a renchérit Guillaume.

* * *

J'ai beaucoup aimé cet endroit. J'y ai appris plein de choses. Par exemple : fabriquer du fromage. C'est facile et simple, mais compliqué en même temps. Il faut avoir des brebis qui ont déjà eu des agneaux. Donc, des brebis qui donnent du lait. Marc et Virginie récoltent le lait de leurs brebis pendant toute l'année.

— Vous gardez le lait toute l'année…OUACHE!

— Ne t'inquiète pas Nathan, le lait est conservé dans de grands réfrigérateurs a dit Virginie.

— Pour faire nos fromages a continué Marc, nous avons onze étapes à suivre. Il faut d'abord avoir 300 litres de lait. Ensuite, on le chauffe pour détruire toutes les bactéries. Lorsque le lait est refroidi, on y ajoute une sorte de levure et on brasse.

Virginie a continué avec les explications:

— On rajoute une sorte de liquide qui fait figer le lait. Ça forme un énorme fromage en gel.

— Il ne faut surtout pas briser ce gel avec nos doigts, a poursuivi Marc, parce que tout est perdu !

— Après c'est l'étape que je préfère a dit Annie en riant. On coupe le fromage en petits morceaux. Ça fait *tchak, tchak, tchak* ! Ensuite on dépose les petits morceaux dans des moules. Puis on trempe le fromage dans un mélange d'eau et de sel.

— On appelle ça le lavage du fromage ! a rigolé Guillaume.

La dernière étape est mystérieuse :

On se sert d'un linge trempé dans une solution secrète pour essuyer les fromages tous les jours pendant quelques semaines. Ce secret est différent pour chaque fromager. C'est cette petite solution, que Virginie voulait trouver pour son prochain fromage.

* * *

Le midi, la table était toujours remplie de légumes, de pain et de fromage. Tant mieux car j'avais une faim de loup. Une faim de loup dans une bergerie… Dangereux, hi hi hi !

D'ailleurs, une nuit, j'ai rêvé qu'un loup rôdait autour de la maison. Mais au lieu de dévorer les brebis, il croquait les pommes du verger. Heureusement, Pistache lui faisait peur et le repoussait. Dans mon rêve, Pistache était un chat géant et redoutable.

Il était habillé en cuisinier. Il préparait toutes sortes de plats avec les pommes.

Toujours dans mon rêve, sur une petite table, il y avait sept tartes bien chaudes. Je m'en suis approché, j'étais affamé. Comme j'allais prendre une grande bouchée, Pistache a sauté devant moi. Il a placé un grand miroir devant mon visage. Et là, ce que j'ai vu a transformé mon rêve en cauchemar. Dans ce miroir, je reconnaissais mes yeux. Mais, horreur ! Mon visage était celui d'un loup. J'étais un loup !!!

Je me suis réveillé en sueur. En allant à la cuisine pour boire une gorgée d'eau, j'ai aperçu Pistache. Il m'a regardé droit dans les yeux. J'avais l'impression que le chat voulait quelque chose. Il me regardait fixement.

Après un moment de silence, le chat s'est mis à croquer les pommes. J'ai pris mon verre d'eau et je suis retourné me coucher.

CHAPITRE 4

Un loup-garou et des coyotes

Marc nous a demandé de l'aider. Il voulait installer une clôture autour d'une vingtaine de pommiers.

— C'est pour faire un enclos pour mes brebis. Elles ont besoin d'air pur. C'est important pour leur santé, a dit Marc. C'est important aussi pour la qualité de leur lait. Avec du lait de qualité, on fait du fromage de qualité !

Guillaume et moi transportions de grosses boîtes de clous.

— Nathan, m'a dit Guillaume, dès cet après-midi, les brebis pourront sortir. De l'air frais pour les brebis ! Elles nous diront merci !

En entendant cela, Marc s'est arrêté de clouer pour réfléchir à voix haute :

— Oui, très bonne idée, Guillaume ! Le grand air pour les brebis, ça me donne une idée. Notre septième fromage pourrait s'appeler *Le fromage aéré* !

— Ou encore *L'air pur*, a essayé Guillaume.

— Pas mal du tout, mon grand !

Le chat Pistache a choisi ce moment pour attirer notre attention. Il s'est perché bien droit sur un poteau de l'enclos. Il a appuyé une de ses pattes sur la branche d'un pommier situé juste à côté. Marc a éclaté de rire en le regardant.

— Ce chat est vraiment incroyable. Il ne parle pas, mais il nous fait toujours connaître son avis. Tu vois, Guillaume, Pistache nous montre que les brebis pourraient enjamber la clôture grâce à cette branche.

— Ou pire, papa, les coyotes pourraient facilement utiliser cette branche pour sauter dans l'enclos.

— Des coyotes? Il y a des coyotes ici? Je ne suis pas très rassuré.

— Oui, a répondu Marc, il y en a des dizaines dans les environs. Ils ne sont pas dangereux pour nous, mais ils le sont pour les brebis !

— Est-ce gros un coyote ?

Marc a regardé son chat Pistache qui sautait sur les poteaux. Pendant ce temps, Guillaume m'a expliqué :

— Les coyotes sont un peu plus petits que les loups. Mais ils sont tout aussi féroces.

— Est-ce qu'Amélie est dans les parages ? a demandé soudainement Marc.

— Pourquoi ? Je peux aller la chercher si tu veux !

— Non, justement, a-t-il dit. Je ne veux pas qu'elle entende ces histoires. N'oublie pas Guillaume, ne raconte jamais ça à la petite, hein ? Et tu fais attention à Nathan, c'est compris ?

J'étais vraiment intrigué par ces histoires de coyotes. Tout en continuant d'aider son père, Guillaume m'a raconté une légende :

— Au village, près du magasin général, on voit un monsieur qui se berce continuellement. Il porte toujours une cagoule sur la figure.

— Pourquoi ? Il a froid même en été ?

— Non, il n'a jamais ni chaud ni froid. C'est pour cela que, même en hiver, il est toujours dehors. Il se berce. Les enfants du village vont souvent le voir en sortant de l'école. Parfois, ils se moquent de lui. Ils lui posent des questions ou ils crient au loup!

— Ils crient au loup? Pourquoi?

— Parce que certains disent que cet homme est un loup-garou!

— Un loup-garou? Par ici!

Je commençais à avoir peur.

— Guillaume, ne lui raconte pas de blague. Monsieur Pépin n'est pas un loup-garou. Les loups-garous n'existent pas.

— Papa, je l'ai vu!

— Aide-moi plutôt à clouer ces planches. Tu vas gâcher le séjour de Nathan.

— Non, non, Marc, ça va pour moi… Je ne suis pas peureux et je n'ai pas trois ans. Je ne crois plus aux loups-garous, voyons !

Je voulais entendre des histoires de loups et de coyotes.

— Ce vieux monsieur Pépin, il est fou ou quoi ?

Guillaume m'a raconté ce qu'il avait fait le mois d'avant. Il était allé voir le vieux monsieur.

— Tout seul ?

— Oui, mes amis ont trop peur de lui ! Il faisait déjà noir.

— Et j'imagine que c'était la pleine lune dans le ciel !

— Oui, Pistache est venu avec moi. Parfois, il se comporte comme un chien !

— Le vieux monsieur se berçait encore dehors.

— Guillaume, apporte-moi des clous au lieu de faire peur à ton ami ! l'a interrompu son père.

Nous avons travaillé une bonne demi-heure sans dire un mot. Même si j'avais un peu peur, je voulais en savoir plus. En allant chercher de la paille avec moi, Guillaume a continué son récit.

—Nathan, veux-tu vraiment savoir ce qui s'est passé ?

—Raconte, allez !

—Parce que même mon père ne connaît pas la suite.

—Vas-y, tes histoires ne me font pas peur !

—Bon, je me suis approché de monsieur Pépin. Il se berçait, le visage complètement caché comme à son habitude. Quand je me suis dirigé vers lui, il s'est un peu agité. Mais j'étais bien décidé à en avoir le cœur net.

—Tu as bien fait.

— Je n'en suis pas certain.

— Ah non ?

— Plus j'approchais, plus il s'agitait. J'étais rendu à moins de trois mètres de lui. Il a alors grimpé sur sa chaise et s'est mis à hurler. Il hurlait comme un loup !…

— Non !

— Oui, je te le dis. J'ai quand même décidé de continuer à avancer. Mais plus j'avançais, plus il hurlait. La lune se cachait de temps en temps derrière les nuages. Puis, monsieur Pépin a sauté de sa chaise et s'est avancé vers moi. Il était très agile, comme…

— Un loup ?

— Oui ! Il a approché son visage caché à moins d'un centimètre du mien. Et je n'ai pas reculé ! Je ne voyais pas grand-chose. Il s'est mis à hurler de plus en plus fort. Il était si proche que j'ai senti une chaleur qui sortait de lui. J'ai alors compris pourquoi il pouvait rester dehors l'hiver sans mourir de froid.

J'étais totalement captivé par l'histoire de Guillaume. J'en tremblais…

— Et puis ?

— Je n'ai pas bougé. Je voulais savoir qui était cet homme. Je voulais savoir pourquoi il se berçait toujours dehors, hiver comme été.

Guillaume racontait vraiment bien, j'étais suspendu à ses lèvres.

— Il faisait de plus en plus noir.

À ce moment précis, dans la grange, les lumières se sont éteintes. J'ai crié.

J'avais vraiment peur maintenant, mais je ne voulais pas le laisser paraître. Je me disais au fond de moi : « Qu'est-ce que je suis venu faire dans ce village de fou ? » J'avais vraiment le goût de retourner en ville. Autour de moi, j'avais l'impression d'entendre toutes sortes de sons étranges. Guillaume continuait son histoire.

— Tout à coup, un coup de vent a chassé les nuages. Pour me protéger,

Pistache a sauté sur le visage du vieux monsieur. Il lui a arraché sa cagoule.

Comme Guillaume disait cela, de fortes lumières se sont allumées dans la grange. Tout près de moi, j'ai vu un visage de loup poilu. Le chat Pistache a sauté sur lui. Il a attaqué de toutes ses griffes le loup-garou qui venait d'apparaître. J'ai eu si peur que je me suis écroulé en poussant un cri. Tout ce vacarme a alerté Marc et Virginie. Ils sont arrivés à la course dans la grange. C'est là, étendu par terre, que j'ai compris.

—Guillaume ! Annie ! Amélie ! vous n'êtes pas drôles du tout ! a dit Marc.

— Allez dans votre chambre tout de suite ! a continué Virginie, très fâchée.

Les deux parents n'avaient pas l'air surpris, mais plutôt déçus.

Annie a laissé tomber un masque de loup par terre. Amélie a déposé à son tour une grosse lampe au sol. Guillaume, lui, se tordait de rire. Les trois amis m'avaient bien eu. Même Pistache s'est éloigné sans pitié.

Je me suis relevé. J'étais un peu étourdi par toutes ces émotions. J'avais vraiment cru à cette histoire. Marc et Virginie se sont excusés plusieurs fois.

Tout en poursuivant le travail, Marc m'a expliqué que ses enfants étaient de petits coquins. Ils savent que les citadins connaissent mal la vie à la campagne. Ils en profitent donc pour leur faire croire toutes sortes de choses. Ils ont déjà fait le coup à deux de leurs cousins.

— Pourtant, je les avais bien mis en garde. Mais ils t'ont quand même joué ce mauvais tour.

— Nous sommes vraiment désolés, a répondu Virginie.

Je ne savais pas trop quoi répondre. Car, une fois calmé, j'ai trouvé que leur histoire était bien bonne. Quand Guillaume, Annie et Amélie sont venus s'excuser, je les ai félicités.

— Vous devriez faire du théâtre ou jouer dans des films. Vous êtes vraiment de très bons comédiens, même Pistache !

Ils se sont mis à rire.

— Si vous le voulez bien, on oublie ça, ai-je dit.

Tout de même, plus j'y pensais, plus je trouvais leur histoire géniale. J'étais même un peu déçu qu'elle ne soit pas vraie…

* * *

Dans la journée, nous avons fini l'enclos. En fin d'après-midi, nous y avons conduit les brebis pour la première fois.

— Il faut quand même faire attention aux loups, ai-je dit soudainement à la blague. La lune est pleine ce soir. Une soirée parfaite pour les loups-garous.

Et, comme un loup, j'ai hurlé à la lune qui s'élevait dans le ciel.

Tout le monde a ri. Puis, au loin, nous avons entendu un vrai hurlement. J'ai commencé à rire à mon tour. Qu'avaient-ils encore préparé pour me faire peur?

— Qui a installé des haut-parleurs, hein? Vous avez trouvé ces enregistrements dans des films d'horreur, c'est ça?

— Nathan, ce sont des vrais hurlements. Ils ne font pas partie de notre histoire.

— Mais oui, c'est ça... et quoi encore ? ai-je dit, incrédule.

— Oui, écoute bien, a continué Guillaume. Ce ne sont pas des loups mais des coyotes. Leurs hurlements ressemblent un peu à ceux des loups.

Nous avons entendu aussitôt plusieurs hurlements qui semblaient se rapprocher de nous. Marc a commencé à faire rentrer les brebis.

— Cette nuit, nous a annoncé sérieusement Marc, on ferme les portes de la bergerie. Il faut que nos brebis soient à l'abri des coyotes.

J'avais un peu peur des coyotes, mais en même temps, j'adorais ça. J'étais vraiment fait pour la vie à la campagne. Le voyage que mes parents m'avaient proposé correspondait à mes désirs.

* * *

Ce soir-là, je me suis rendu au magasin général en compagnie de Guillaume. Il m'a montré ce que monsieur Pépin a fait. Il a installé un mannequin sur son perron. Il a fabriqué un mécanisme qui agite continuellement la chaise berçante. Voilà ce qui a inspiré l'histoire de mes amis. Quels comiques !

Guillaume a même insisté pour me présenter monsieur Pépin. Sur le perron, à côté du mannequin, j'en avais encore des frissons! Je regardais le mannequin du coin de l'œil.

Monsieur Mario Pépin et sa femme Rita sont très gentils. Ils nous ont offert un rafraîchissement et des biscuits au chocolat. La conversation a déboulé rapidement sur les histoires de coyotes et de loups. Monsieur Pépin a expliqué que les coyotes sont des petites bêtes rusées. Grâce à leur petitesse, ils peuvent se faufiler partout sans faire de bruit.

Monsieur Pépin adore les animaux. Il a travaillé à la ferme toute sa vie. Il a observé les animaux du matin jusqu'au soir. Il nous a expliqué que les animaux communiquent avec les humains à leur façon. Pendant qu'il parlait, on a entendu un grattement dans la fenêtre de la cuisine.

— Tiens, tiens, tiens! De la visite! a dit monsieur Pépin en jetant un coup d'œil à la fenêtre vide.

Rapidement, il a ouvert la porte d'entrée.

— Mario, lui a dit sa femme, veux-tu bien laisser les animaux dehors?

— Attends, attends! On a de la grande visite, je te dis!

À notre grande surprise, Pistache a sauté dans les bras de monsieur Pépin.

— Pistache ? Qu'est-ce que tu fais ici ? a demandé Guillaume, un peu gêné.

Monsieur Pépin a regardé Pistache droit dans les yeux, comme pour l'hypnotiser. Pistache a miaulé quelques sons incompréhensibles pour nous. En flattant le gros chat, j'ai eu l'impression que monsieur Pépin l'écoutait.

— Bon, allez-y, les gars ! a dit monsieur Pépin. Il est tard. Guillaume, dis à ton père que les coyotes sont tout près. Ils vont tenter quelque chose ce soir. N'oubliez pas de fermer tous les accès.

Le chat a quitté monsieur Pépin. Il a sauté dans les bras de Guillaume après m'avoir frôlé les jambes.

— C'est tout un chat que vous avez là, a dit madame Pépin. Il me semble très intelligent.

— En tout cas, c'est un bon acteur, ai-je dit en riant.

Pistache et Guillaume ont marché d'un bon pas vers la maison. Ils couraient presque. Vite, vite à la maison !

Avant le coucher, Virginie a convoqué une réunion de famille pour son nouveau fromage. Elle nous a fait goûter à quelques-uns de ses nouveaux mélanges.

— J'ai fait trois essais pour préparer un fromage spécial. Il y a un fromage aux fraises, un aux cerises et un autre aux framboises. J'ai lavé les fromages avec un mélange d'eau et de fruits. Dites-moi si vous les aimez et pourquoi !

Nous avons goûté ces drôles de fromages. Ils étaient bons, mais sans plus. Virginie a donc proposé de laisser passer la nuit.

— Demain matin, un de ces trois fromages vous séduira peut-être le palais. Sinon, on cherchera encore !

Marc a fait une dernière ronde avant de se coucher. Il faut être prudent quand des coyotes tournent autour...

CHAPITRE 5

Fromage numéro 7

Cette nuit-là vers 3 heures, je suis allé à la cuisine pour prendre un verre d'eau. Marc était là, tout habillé.

— Marc !

— Ah ! Nathan ! Tu as entendu ?

— Entendu quoi ?

— Les coyotes !

— Ah ! Je croyais que je rêvais à… des loups !

— C'est Pistache qui est venu me réveiller, a dit Marc en flattant son chat. Heureusement ! Sinon, je n'aurais pas entendu ces petits grognements autour de la ferme. Il n'y a rien comme un animal pour entendre un autre animal. Je vais voir si tout va bien et je reviens.

— Fais attention Marc !

Marc est sorti avec un bâton et une simple lampe de poche. Il n'est vraiment pas peureux. Après avoir pris un grand verre d'eau, je suis retourné me coucher. Mais je n'arrivais pas à dormir. Au bout de dix minutes, je suis donc revenu à la cuisine.

Pistache était couché sur la table, le museau reposant sur les restes des trois fromages.

Marc est entré en catastrophe dans la maison. Virginie nous a rejoint.

— Les coyotes! a-t-il dit au moment où Guillaume et Annie faisaient leur apparition. Ils ont réussi à entrer dans la bergerie. Si Pistache ne m'avait pas réveillé, on aurait tout perdu.

— Est-ce que les coyotes ont…? a demandé Virginie en lui donnant un verre d'eau.

— Ils n'ont pris aucune brebis. Quand je suis arrivé dans la bergerie, trois coyotes étaient déjà entrés. J'ai réussi à en effrayer deux, mais le troisième a mordu une de nos bêtes. Je l'ai fait fuir avec un bâton. Puis, j'ai refermé la brèche et me suis occupé de la brebis blessée.

— Papa, a dit Guillaume, il faut appeler monsieur Pépin.

— Bonne idée! Demain matin, à la première heure. Les enfants, allez vous coucher. Virginie, peux-tu venir m'aider?

* * *

Vers huit heures du matin, Guillaume et moi avons marché jusqu'au village. Nous allions chercher monsieur Pépin.

— Je m'en doutais bien! a-t-il déclaré quand on lui a appris l'attaque de

73

coyotes. Je les ai entendus crier toute la nuit. Ils semblaient si proches.

Une fois arrivé chez Marc, il s'est arrêté. Avant de se diriger vers la bergerie, il nous a demandé :

— Où est Pistache ?

— Pistache ?

— Oui, oui, ton chat, il va pouvoir nous aider.

— Mon chat ? Il n'osera jamais s'attaquer à des coyotes ! Il est dans la maison, je crois, a dit Guillaume.

— Vas le chercher, j'ai du travail pour lui !

Pendant que Guillaume courait vers la maison, j'ai accompagné monsieur Pépin jusqu'à la bergerie. La situation était vraiment sérieuse. On avait réussi à sauver les brebis pour cette fois. Mais il ne fallait pas que les coyotes reviennent nuit après nuit.

— Bonjour, monsieur Pépin !

— Bonjour, Marc, grosse nuit, hein ?

— Oh oui !

— Et la brebis ?

— Elle est sauvée, elle a même recommencé à marcher. Elle a eu plus de peur que de mal. Je suis arrivé juste au bon moment.

— Je suis venu pour t'aider, si tu le veux bien !

— Oh oui ! Ça ne pourra pas se passer comme ça toutes les nuits.

— Non ! Non ! Écoute bien. Il faut décourager les coyotes. Ils viennent manger ici parce que c'est facile. Pour eux, ta bergerie est comme une épicerie !

Marc lui a fait faire le tour de la bergerie. Puis, monsieur Pépin lui a montré l'endroit où les coyotes avaient percé une petite ouverture. Mais Marc cherchait un trou plus gros. « Le trou est beaucoup trop petit » a dit Marc.

Monsieur Pépin, a secoué la tête.

— Un coyote, mon cher Marc, peut se faufiler presque partout. C'est comme si leur corps était fait en caoutchouc. En plus, ils sont tellement intelligents. Même si tu réussis à boucher tous les trous, ils s'y prendront autrement. Ils peuvent creuser dans le sol. Ils peuvent se glisser par une brèche toute petite. Et n'oublie pas que les arbres les aideront toujours à sauter.

À ce moment-là, Guillaume est arrivé avec Pistache dans ses bras.

— J'ai pourtant déplacé les poteaux pour les éloigner des arbres ! a répliqué Marc.

— Je le sais !

— Mais comment le savez-vous ?

En flattant le dos de Pistache, monsieur Pépin a dit à Marc :

— J'ai mes informateurs !...

Je me demandais si Pistache avait vraiment pu dire ça monsieur Pépin. Après tout, c'était juste un chat. À moins que...

— De toute façon, les brebis ne seront dehors que le jour. Et les coyotes attaquent la nuit !

— C'est vrai, Marc, les coyotes attaquent la nuit. Mais, s'il le faut, ils vont changer leurs habitudes : ils vont dormir la nuit et attaquer le jour.

— Ho la la! Qu'est-ce que je vais faire?

— Es-tu prêt à surveiller tout le temps tes brebis? Parce qu'il faut trouver un moyen de les convaincre de ne pas revenir.

— Je ne comprends pas, a dit Marc un peu découragé. Ça me prendra des nuits et des nuits. Je ne suis pas seulement berger, je suis aussi fromager. Je dois dormir.

— Pour les coyotes, ce qu'il faut, c'est être plus intelligent qu'eux.

Monsieur Pépin tenait toujours Pistache près de son oreille. Ce bizarre de chat semblait en avoir long à dire.

— Ah oui ? Et comment ? a demandé Marc.

— Il faut savoir penser comme un animal. Un animal est très persévérant quand son épicerie est là juste à côté. Il va trouver tous les moyens pour y pénétrer. À moins qu'il s'aperçoive par lui-même qu'elle ne contient rien de bon.

— On pourrait enduire les brebis d'un produit qui a mauvais goût, a suggéré Guillaume.

— Oui, très bien, Guillaume, dit monsieur Pépin.

— Ou encore, on pourrait leur donner à manger des brebis... immangeables ?

Ça, c'était mon idée !

— Excellent, fiston ! Pour un gars de la ville, tu n'es pas mal du tout. S'ils veulent manger de la brebis, on va leur en donner. Mais cette brebis sera tellement infecte qu'ils s'en souviendront toujours. Je vous l'ai dit, les coyotes sont très, très intelligents. Quand ils verront que vos brebis ont un mauvais goût, ils abandonneront. Et ils ne verront plus jamais votre bergerie comme un restaurant.

— Vite, allons rejoindre Virginie. Elle nous préparera des plats au goût de brebis !

Dans la cuisine, nous nous sommes installés autour de Virginie.

— Virginie, a dit monsieur Pépin, Guillaume et Nathan ont une commande à te passer.

— Allez-y, les gars! a dit Marc.

— Pistache, va les aider!, a ajouté monsieur Pépin.

Pistache s'est mis à renifler le garde-manger. Il semble déjà chercher des ingrédients qui feraient l'affaire.

— Virginie, peux-tu fabriquer le pire des fromages? Un fromage qui leur laissera dans la gueule un goût dé-goû-tant?…

Guillaume a complété ma pensée:

— … un goût qui leur donnera mal au cœur pour au moins cent ans?

— Pour décourager à jamais tous les coyotes de la région, a continué monsieur Pépin.

Tout le monde parlait en même temps. L'idée était géniale. Tout le monde voulait ajouter son grain de sel. Le fromage serait mélangé à du poivre, de la poudre de chili, du concombre, des carottes, des pommes de terre, du clou de girofle, des bananes pourries, de la citrouille moisie, et quoi encore…

Finalement, on a préparé plusieurs plats à base de lait de brebis. On les a laissé fermenter toute la journée.

Selon monsieur Pépin, la mixture devait être assez bonne pour attirer un animal. Mais elle devait aussi être assez dégoûtante pour provoquer des haut-le-cœur.

À l'approche du soir, tout le monde s'est préparé à l'attaque des coyotes. Monsieur Pépin trouvait qu'il était temps de prendre une décision. Il a pris Pistache un peu à part. Il a regardé le chat droit dans les yeux. J'ai eu tout de suite l'impression que Pistache avait compris.

L'homme et l'animal, se sont dirigés vers les plats. Pistache a senti chacun des plats. Il a trempé le bout de la langue. Quelques minutes plus tard, il miaulait aux pieds de monsieur Pépin. Monsieur Pépin l'a regardé faire. Pistache a tourné trois ou quatre fois autour du dernier plat avant d'oser y goûter. Il n'aimait pas du tout le fromage de brebis à la rhubarbe et aux pissenlits. Il l'a recraché aussitôt.

Hourra pour Pistache ! Tout le monde s'est mis à applaudir. Il avait choisi le fromage pour les coyotes. Je lui ai coupé une pomme pour le récompenser.

— Il a vraiment beaucoup de goût ce chat, vous ne trouvez pas ? a dit Virginie.

— Oui, il aime beaucoup les pommes et le fromage. J'y pense ! Virginie,

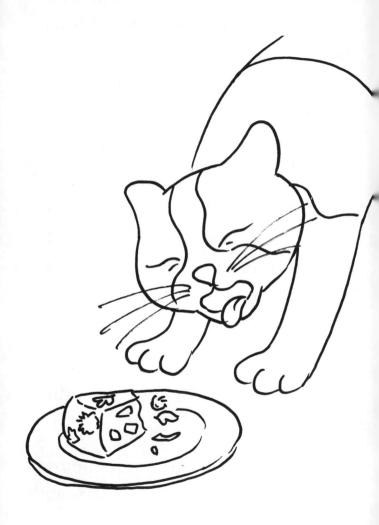

tu pourrais faire un fromage aux pommes. Pistache serait ton premier client !

— Aux pommes ? Quelle bonne idée !

C'était mon dernier soir à la ferme. Pendant la soirée, avec Virginie, nous avons préparé deux fromages. Un fromage aux pommes et l'autre à la rhubarbe et aux pissenlits pour dégoûter les coyotes.

— Pour fêter notre future victoire, a dit Virginie, laissez-moi vous faire goûter ce fromage. Il deviendra sans doute notre septième variété.

Tout le monde s'est régalé, même Pistache !

Mais notre bonheur a soudain été interrompu. Des hurlements de coyotes se sont faits entendre autour de la ferme.

Nous nous sommes mis au travail ! Nous avons percé des ouvertures dans la bergerie. À l'intérieur, nous y avons déposé du fromage à la rhubarbe et aux pissenlits. Les brebis étaient rassemblées dans un nouvel enclos à l'intérieur de la bergerie. Elles pourraient ainsi y attirer les coyotes, mais sans être à leur merci. Seuls Marc et monsieur Pépin étaient présents. Nous sommes allés nous coucher très énervés.

* * *

Le lendemain matin, Marc nous a réveillé le sourire aux lèvres. Il nous a raconté que le plan avait fonctionné à merveille. Les coyotes ont d'abord dévoré les fromages. Puis, ils ont regardé avec dédain les brebis. Ils étaient certains qu'elles auraient mauvais goût. Ils sont repartis bredouilles vers la forêt en gémissant.

— Faites-leur subir ce régime encore une ou deux nuits. Vous en serez débarrassés pour la vie ! lui a dit Monsieur Pépin avant de repartir.

* * *

Monsieur Pépin avait entièrement raison. Quelques coyotes sont revenus la nuit suivante. Marc était là avec son fromage infecte. Les coyotes présents n'ont même pas osé y goûter. Selon Marc, on ne les reverra pas de sitôt.

* * *

Deux semaines plus tard, le nouveau fromage aux pommes était vraiment au point. Ma mère, mon père, ma petite sœur, Annie, Guillaume, Amélie, Marc, Virginie, Pistache et moi étions tous là. Nous avons tous pris part à cette dégustation officielle.

Ce fromage, je l'aurais appelé le *Pistache aux Pommes*. Mais, sincèrement, le nom choisi par la famille,

POMOBÊÊÊ, est vraiment très beau.

Avant notre départ, Pistache m'a amené visiter un nouveau coin de la ferme. Virginie y a fait pousser de petites marguerites. Je parle à Guillaume de cette nouvelle « suggestion » de Pistache. Le moment venu, Marc et Virginie mettront au point un nouveau fromage aux marguerites. Je sais qu'au fil du temps, la fromagerie continuera ainsi à se développer. Virginie et Marc y travaillent tellement. D'autant plus qu'ils n'ont plus à craindre les coyotes ! Grâce à monsieur Pépin et à Pistache, mon grand ami !